絕望名人 Franz Kafka
卡夫卡的人生論

法蘭茲・卡夫卡　著——頭木弘樹　編譯——棚明綺　譯

絶望名人カフカの人生論

縱使一切看來即將結束，
還是不斷湧現新力量，
這就是你活著的證明。

倘若沒有湧現這股力量，
表示一切結束，
到此為止。

前言

卡夫卡的肖像——如何絕望，如何活著

什麼是當你痛苦時，真正需要的話語？

世上有許多名言，

而且，多是激勵人心的話語。

例如：

All our dreams can come true, if we have the courage to pursue them.

（只要有不斷追求的勇氣，一切就能美夢成真。）

——華德．迪士尼

多麼美妙的一句話啊！

迪士尼的這句話，讓人湧起一股動力。

想必很多人被激勵吧！

但是當你痛苦萬分時，這句話真的能說到你的心坎裡嗎？

只是一句過於空泛的話語，不是嗎？

就像生病時，聽到身體健康的人鼓勵你：「別擔心，只要想著會痊癒，就會治好哦！」

對於心神疲憊、失去活力、一心尋死的人來說，聽到「只要抱著必死的覺悟，便無所懼」這句話，或許只想反駁：「就是因為我什麼都做不了，才想死啊！」

當你感到痛苦時，需要的是能貼近當下心情的話語，需要有個能瞭解你的痛苦，陪你一起哭泣的人，不是嗎？

悲傷時，聽聽悲傷的音樂

希臘哲學家，也是數學家的畢達哥拉斯（發明畢達哥拉斯定理）曾說：「感到痛苦時，聽能抹去悲傷的明快歌曲比較好。」

這說法稱為「畢達哥拉斯逆療法」，在現代音樂療法稱為「朝異質引導」，是非常重要的理論。

另一方面，希臘哲學家亞里斯多德則是主張：「聽聽符合當下心情的音樂，才能療癒心靈。」也就是說，悲傷時，聽悲傷的音樂比較好。

這說法稱為「亞里斯多德的同質效果」，在現代音樂療法稱為「同質原理」，也是非常重要的理論。

兩者的意見可說南轅北轍。

但現今證明，兩者的主張均正確。

怎麼說呢？當你感到痛苦時，

(1)首先，沉浸於悲傷的音樂＝亞里斯多德的「同質原理」。

(2)然後，聆賞愉快的音樂＝畢達哥拉斯的「朝異質引導」。

像這樣讓自己回復平靜狀態，便能重新振作。

就像失戀時，比較容易接受悲傷的歌詞和旋律，所以，先讓心情沉浸於失戀的歌曲中，再聽聽明快一點的歌曲，心情自然開朗。

即便先聽明快的歌曲，也無法聽進心坎裡。

名言也是如此。

雖然激勵人心的名言有其價值，但心情難受時，就算讀再多名言，也無法療癒心靈，最重要的是，先充分沉浸於消極的心情中。

卡夫卡是個徹底的失敗者

那些留下名言的偉人，如同字面的意思，就是造就出「什麼」的成功者，偉大的人們。他們說的話是那麼鏗鏘有力、正面積極，因為他們是實現夢想之人。

但是有個人例外。

因為他太特別，是個完全非典型的偉人。

那就是卡夫卡。

他是知名小說家，寫了一部描寫某天早上醒來變成蟲的男人，名為《蛻變》的作品。

他從未成功，也不曾從失敗中學習到什麼，只是不斷失敗。

他在世時，不被認同是小說家，只是個普通的上班族。

他雖然討厭朝九晚五的工作，卻為了維持生計，無法辭去。

他雖然很想結婚，卻終身未婚。

他身體孱弱，腸胃欠佳，受失眠所苦。

他與家人相處不睦，尤其父親讓他深感自己是個沒用的人。

他寫的長篇小說都半途輟筆，沒有完成。

因為至死還沒有寫出令自己滿意的作品，便留下遺囑，交代摯友將其著作全數燒毀。

他的日記與筆記本，寫滿關於日常生活的牢騷。

不是寫些關於世界、國家、政治方面的議題。

而是埋怨生活的種種，埋怨父親、工作、胃腸、睡眠狀況等。

他不關心社會這個大環境，他只關心自己，在乎自己的心情、身體狀況、別人對他說了什麼，或是他對別人說了什麼、做了什麼……

而且，他說的每一句話均十分消極負面。

因為極度絕望，反而笑得出來

「這種牢騷滿腹的作品，值得一看嗎？」肯定不少人這麼想吧。

雖說讓自己沉浸於消極的心情也沒什麼不好，但應該不會有人想看別人對日常瑣事發牢騷的作品吧。只會搞得自己的心情更沉鬱。

卡夫卡是偉人，但不是那種凌駕於一般人之上的偉人，而是比一般人還差的偉人。

他的消極話語，可說無人能及。

譬如：

我無法朝著未來前進，
卻能面對未來，裹足不前。
我最擅長的，就是一蹶不振。

因為過度消極，反而笑得出來，不是嗎？

即便是心情跌入谷底的人，也會因為見識到卡夫卡的極度絕望，而告訴自己：

「至少我還沒他這麼慘吧！」

我想，再也沒有像卡夫卡如此絕望的人了。卡夫卡是絕望名人，比誰都容易心情低落，比誰都脆弱，比誰都容易一蹶不振。

正因如此，我們才能坦然傾聽他的話語，有別於成功者的諄諄教誨。

消極的代表作家

雖然卡夫卡覺得自己像隻小蟲，但身為小說家的他是個巨人，堪稱二十世紀最偉大的作家。

以繪畫來說，他就像畢卡索，深深影響後世的作家們。

可說卡夫卡之後的作家，沒有一位不受他的影響。

許多作家非常推崇卡夫卡。

「他寫了無法超越的作品……因為他寫的是本世紀少數偉大的鉅作。」

——諾貝爾文學獎得主 卡內提

「要是世上不曾有法蘭茲．卡夫卡，現代文學肯定不是現在這樣。」

——安部公房

「卡夫卡是一項龐然的美學革命，藝術的奇蹟。」

——米蘭．昆德拉

「卡夫卡讓我明白原來人可以寫出不一樣的東西。」

——馬奎斯

「他是當代少數，最偉大的作家之一。」

——沙特

「里爾克之類的詩人，或是托馬斯．曼之流的小說家，與他相比，都像是石膏聖人像。」

——納博可夫

「我認為他是當代最重要的作家，要是不看他的作品，無法活在現今。」

——電影導演 伍迪．艾倫

對日常生活滿腹牢騷的人，為何能成為偉大的作家呢？

因為他是絕望名人，別無其他理由。

這是卡夫卡說過的話。

我不聲不響地掘起屬於我這個時代的消極面。

當代離我非常近，所以我擁有代表時代的權力。

我挖掘當代的消極面，穿戴在身上。

我連一點點積極的東西都沒有穿戴到。

就連與積極只有一紙之隔，淺底的消極之物都沒有穿戴到。

任何宗教都無法拯救我。

我已經結束，還是正要開始呢？

——八開筆記本——

卡夫卡的真話、真正的魅力、以及真實的絕望

「卡夫卡難道沒有說過比較積極的話語嗎？」也許有人有此質疑。
在書籍、網路之類的名言集，找得到卡夫卡的名言，而且都是積極的話語。
但這些都是去掉前後文的摘錄。
比較常看到的，如下：

縱使一切看來即將結束，
還是不斷湧現新力量，
這就是你活著的證明。

聽起來很正面、很積極，是吧？
其實後面還有一段文字。

倘若沒有湧現這股力量，
表示一切結束，
到此為止。

後半段才是卡夫卡的風格。

正因為這些名言集，硬是將卡夫卡的話語塑造得很積極，反而更顯魅力。

本書就是想毫無保留地傳達卡夫卡真正的魅力，以及他的絕望。

關於翻譯方面，為求淺顯易懂，有些地方會稍微「超譯」。

但還是會盡心傳達卡夫卡的口吻與真意。

此外，為了避免說明式的翻譯，我會力求譯文樸質，另行添綴簡單的解說。

卡夫卡的絕望話語，蘊含著不可思議的魅力與力量。

與其說讀著、讀著，心情愈來愈低落，不如說反倒湧現一股力量。

卡夫卡的摯友馬克斯·布羅德，曾在寫給卡夫卡的信中寫道：

你在你的不幸中，是幸福的。

頭木弘樹

目錄

第六章 對於學校深感絕望！

第七章 對於工作深感絕望！

第一章

對於將來
深感絕望！

1 我最擅長的事，就是一蹶不振

我無法朝著未來前進，
卻能面對未來，裹足不前。
我最擅長的事，就是一蹶不振。
——給菲莉絲的信——

前面引用的這段話，其實摘自情書。

菲莉絲是卡夫卡的未婚妻。

對於想要共度一生的人，寫這樣的文字實在不恰當……

哪怕是胡謅，一般人也會寫些自己對於將來充滿期待的話語。

卡夫卡卻寫道：「我最擅長的事，就是一蹶不振。」

想必菲莉絲收到信，一定很詫異吧。

但她或許因為看到這樣的話語，反而對卡夫卡很感興趣，決定和他訂婚。

而這也是他們之間，一段漫長糾葛的開始。

關於這件事，容後詳述。

2 一切困難將我擊潰

巴爾札克散步時，常用的手杖握柄上，刻著：「我擊潰一切困難」這幾個字。我的手杖上頭則是刻著：「一切困難將我擊潰」。我們的共通點，只有「一切」這個字眼。

——一則片段——

巴爾札克是代表十九世紀的小說家。

卡夫卡是代表二十世紀的小說家。

這樣的對比還真有趣。

順道一提，巴爾札克習慣花很多篇幅介紹筆下的人物，像是成長背景、教養方式、容貌、穿衣風格、個性等。

相較於此，卡夫卡經常以「K」這個字，作為筆下人物的名字，不曾詳述人物的經歷、容貌、服裝和性格。

確實感受到自我存在的十九世紀，深為虛無所苦的二十世紀。

勇氣，就是為了頂替不安。

3 一切變得恐怖

我連將盛著牛奶的杯子舉至嘴邊，
都覺得恐怖。
因為杯子可能會在我面前碎裂四散，
碎片劃過我的臉龐。

——給米蓮娜的信——

卡夫卡連舉杯喝牛奶，這個再日常不過的行為都覺得恐怖、憂慮。
也許有人覺得「這種人很莫名其妙」。
但我想，應該不少人也會憂心自己的將來，恐懼不知何時會遭逢不幸吧。
而且愈擔心，愈覺得做任何事都很恐懼，
也就活得痛苦不已。

4 縱使我想努力，也無法努力

雖然我始終不認為自己是個懶惰的人，
但迄今，我從未想過要做點什麼。
讓我覺得活著有價值的事，
就是被責難、被詆毀、被攻訐。
對我來說，就算想逃到哪裡，
即便竭盡心力，也無法達成。

——給父親的信——

我想，應該有不少尼特族、繭居族，也有同樣心境吧。

之所以不工作，不是因為不想工作。

之所以繭居，也不是因為不想出門。

就這樣不工作，也不出門，

卻也無力改變。

卡夫卡最初幫忙父親經商，後來做得不順心，因而辭退。

就連寫小說，讓他感覺活著有價值一事也是，家人總是不斷干擾他寫作。

之所以不出門，是因為無法步出家門。

5 別人能輕易做到的事，我卻做不到

譬如，

這裡有A和B兩個人，

A可以一口氣登上五階，

B卻只能登上一階。

但對於B來說，這一階相當於A的五階。

A不只登了這五階，

還會再一步步地登上一百階、一千階吧。

對於A而言，登上的每一階都沒什麼大不了的。

但對於B來說，

每一階都是人生最初、最絕望，即便使盡全力都無法登上的台階。

因此，無法克服也是理所當然，

畢竟連著手開始都是不可能的事。

——給父親的信——

別人能輕易做到的事，自己卻做不到。

這種事一點也不稀奇。

好比有人能自在地向異性搭訕，有人卻怎麼也做不來，就算努力找話題，還是覺得很彆扭、不自然，甚至因此對自己感到絕望。

看在能輕鬆做到的人眼中，肯定覺得連這種事都不會，實在很不可思議。於是這兩種人成了好友，發展成情侶關係，一步步地構築更親密的關係。

無法自在向別人搭訕的人，永遠都是站在最初的那一階。

我認為卡夫卡完美表現出這種情況。

6 達成目標，是一件多麼困難的事

明明有目標，卻沒有抵達的路。
雖然想循路前進，
卻始終躊躇不前。

——關於罪、苦惱、希望以及真實之路的考察——

縱使想成為卡夫卡這樣的小說家，也不曉得該怎麼做，很難找到這麼一條路。

我們往往想要努力，但迫於時間窘迫，只好放棄，繼續為生存一事困惑不已。

世人常說：「人生因夢想而偉大」「擬定目標很重要」，但找到一條通往夢想、目標的路，還能勇敢前行，卻是非常困難的事。

「關於罪、苦惱、希望以及真實之路的考察」是卡夫卡的摯友布羅德整理、出版好友的遺稿時，為卡夫卡格言集加上的標題，卡夫卡本人恐怕不會加上如此張揚的標題吧。

7 無法活用到手的勝利

人類的軟弱本質，
不是無法勝券在握，
而是無法活用好不容易到手的勝利。
——一則片段——

好不容易考上夢寐以求的名校，卻已精疲力盡；明明成了有錢人，卻換來家庭不睦；明明打敗情敵，和喜歡的人在一起，戀情卻無疾而終。

明明經歷過為了自由，必須賭命的時代，但到了自由時代，卻又不珍惜可貴的自由。人們不知如何面對失敗，竟然對於勝利也倍感棘手。

以勝負定論人生很容易，但無論是勝利還是失敗，或許最重要的是如何活用握在手上的東西。

8 只能循著人生的岔路前行

活著這件事，就是循著綿延不斷的岔路前行。
究竟該朝通往何處？
就連回頭瞧瞧也不被允許。

——一則片段——

即便想循著這樣的人生道路前行，卻總是事與願違。
就算想與這個人共度一生，也有不得不分別的時候。
縱使一輩子想彈著最愛的鋼琴，也會發生手指受傷之類的人生憾事。
不管你願不願意，只能循著岔路前行。
即使試著回首，心想：「明明那一條才是我應該走的路。」那條路卻已經不存在，只能循著現在的路前行。
或許這條岔路才是你真正該走的路。

第二章

對於世間

深感絕望！

9 只要獨處，就不會發生任何事

我必須獨自窩在房間。
就像只要躺在地上睡覺，就不會從床上跌下來，
只要獨處，就不會發生任何事。

——給菲莉絲的信——

這點簡直就是繭居族的心聲。

的確，只要躺在地上，就不會遭遇從床上跌落的痛苦與驚嚇。但同時，也體會不到躺在床上的舒適感。

猶如不會發生任何事般，獨自窩在房間也是如此。然而，不會發生討厭之事的結果，就是也不會發生好事。

之所以將自己關在象牙塔，或許是為了避免告白被拒，不想遭受情傷。基於同樣的心理，避免遭逢不幸的同時，連幸福也放棄的人應該不在少數吧。

10 我想生活在地下室最深處的房間

我常常這麼想。
幽居在地下室最深處的房間，
對我來說，是最美好的生活方式吧。
有人端食物給我吃，
放在離我房間有一小段距離，地下室最外面那扇門的內側。
我穿著家居服，走過地下室圓形天花板下方的走廊去取食。
這是我唯一的散步方式。
然後我回到房間，慢慢地、慎重地用餐。

——給菲莉絲的信——

追求繭居生活的極致。
「幽居在地下室最深處的房間」，即便是繭居族，也不見得憧憬這樣的生活。連端送食物的人也不見，走過地下室走廊是唯一的散步方式，封閉程度更甚監獄的獨居房。
「對我來說，是最美好的生活方式吧」，這就是卡夫卡的祈願。

11 我還不夠孤獨，不夠寂寞

我已經走得好遠、好遠，
獨自走了約五個鐘頭，
卻覺得還不夠孤獨。
雖然是杳無人煙的山谷，
卻還不夠寂寞。

——給菲莉絲的信——

卡夫卡也在其他作品寫道：「為了獨自走得更遠，過往必須有很多煩惱。」

當苦惱充斥心中，人就會想逃離現在的一切，遠走高飛。

這種情況稱為「解離性神遊」，當一個人的內心被苦惱擊潰時，就會喪失記憶，遠走他鄉，也就是一種心病。

此時，人渴求的是孤獨，寂寞反而能安定心神。

也就是想藉此逃避刺激，多少能平復心緒。

這就是為何明顯需要援助的人，卻堅決想獨處的理由。

12 我祈求遷居他處

我有尋死的念頭。
因為再也忍受不了這樣的人生，
也明白無法過著另一種人生。
我懇求能夠從厭惡萬分、
難以忍受的老舊獨居房，
遷至總有一天也會厭倦的新的獨居房。

——關於罪、苦惱、希望以及真實之路的考察——

任誰都有過尋死的念頭。

正確來說，若真的有尋死的念頭，意味著「想逃離現在的人生」。

別人的人生看起來是如此耀眼，自己卻是與其苟活，不如一死百了。

但無論是什麼樣的人生，都不能只看表面，因為實際體會後，難保不會有厭倦的一天。

倘若真有冥界，或許就像菊池寬的短篇小說〈極樂世界〉裡那對老夫婦，如願地坐在極樂世界的蓮花座上，聊著關於地獄的種種吧。

充其量只是老舊獨居房，與新的獨居房的差別而已。

雖然這種想法很負面，但對於有尋死念頭的人來說，也是無可奈何的事。

雖然如此，卡夫卡不曾嘗試自殺。

第三章

對於自己的身體深感絕望！

13 我所知悉，最瘦的男人

我是我所知悉，最瘦的男人。
手無縛雞之力，就連睡前做個伸展操，
都覺得心臟隱隱作疼，腹肌抽搐。

——給菲莉絲的信——

這也是卡夫卡寫給未婚妻的信。

健康也是結婚的重要條件之一，卡夫卡卻寫道：「我是我所知悉，最瘦的男人」，彷佛想被對方拋棄似的。

其實不然，菲莉絲對於卡夫卡來說，是命中注定的對象，也是非常重要的異性知己。

縱使如此，還是無法不強調自己身體孱弱，這就是卡夫卡。

14 拖著這樣的身體，成功只是奢談

拖著這樣的身體，成功只是奢談。
明明又瘦又虛弱，個頭卻很高。
絲毫沒有溫暖的體溫，及蓄積著熱情的脂肪。
不時感覺到刺痛的心臟，
該如何才能將血液輸往腳尖呢？

——日記——

或許看到這樣的文字敘述，「卡夫卡的健康狀況很糟啊！好可憐喔！」會如此心生同情吧。

其實不然。

卡夫卡確實長得高瘦，但據聞到他發病之前，健康狀況並不差。

他喜歡散步，可以走上一段時間（而且有時步履輕快），也曾划船橫渡好幾公里的河流。上班快遲到時，還會一次踏兩階地疾奔上樓。

因為很在意虛弱這個字眼，總覺得自己身體欠佳。

15 父親的強健，與自己的孱弱

我到現在還清楚記得，
有時，我們（幼時的卡夫卡與父親）會一起在更衣室更衣。
相較於如此瘦削、孱弱的我，
你是那麼結實、高大，有著寬闊的肩膀。
在更衣室的我竟如此狼狽悽慘。
不僅相較於你，甚至相較於全世界。
為什麼呢？因為對於年紀尚小的我來說，你就是世間一切的基準。

——給父親的信——

卡夫卡之所以執意認為自己弱不禁風，主要是因為他覺得父親比自己強健、結實太多。而這般肉體方面的差異，也表現在心境上，更令他自慚形穢。

看著作風強悍的父親，與自己如此迥異，極度愕然的卡夫卡對人生失去自信。「強健的父親與孱弱的自己」這番強烈對比，也是「強悍世間與軟弱自我」的寫照。

16 以這副軀殼活著的我，始終怯弱不安

在浴場赤裸裸的我，身形如此瘦削。
在浴場，我看起來就像個孤兒。

——給菲莉絲的信——

或許有人覺得：「只是比較瘦而已，說自己像個孤兒，太誇張了吧。」

的確，只是相較於浴場裡的其他人，體型偏瘦罷了。

若是不在意這種事的人，根本連想都不會想。

但對於卡夫卡來說，這是天大的事。因為他覺得肉體、精神要是沒能像父親般強健，無法泰然處世。

正因為覺得自己與世間格格不入，內心的怯弱不安讓他猶如孤兒。

17 隨著內心的不安逐漸擴大，我真的生病了

我只擔心自己的事。
擔心自己的所有的事。
好比健康這件事。
從微不足道的小狀況，到消化不良、掉毛，還有脊椎側彎。
隨著內心的不安逐漸擴大，
於是，我真的生病了。

——給父親的信——

卡夫卡自己也明白，因為過度憂慮的結果，導致自己的健康亮紅燈。即便如此，他還是無法戒掉這個毛病。

一個人過於鑽牛角尖，反而害了自己。

過度在乎自己的任何事，可說是現代人的一種心病吧。

卡夫卡就是一號代表人物。

18
過度勞心的我，連背都駝了

我是個多疑的人，
就連面對自己的肉體，也是滿腹猜疑。
過度勞心的結果，連背都駝了。
違論運動，就連稍微活動一下都嫌麻煩，因此一直很虛弱，
甚至失去胃的健全消化功能。
於是，通往憂鬱症的路開啟，
終至喀血。

——給父親的信——

人活著，必須面對大大小小的事，也就伴隨著不安與憂慮。
大部分人都能安慰自己：「應該沒事啦！」
但如果做不到呢？
卡夫卡就是一例。
因為過度勞心的關係，甚至罹患重病。
要是他不要那麼擔心自己的身體狀況，或許能健康活著吧……

19 只是散步，便讓我疲累不已

只是散步而已，
便讓我疲累到，
整整三天幾乎做不了任何事。
——給米蓮娜的信——

米蓮娜是捷克女記者，也是翻譯家。

她想將卡夫卡的短篇作品翻譯成捷克語，兩人因而結識，逐漸互生好感，墜入愛河。

但米蓮娜是有夫之婦，所以這是一段不被允許的戀情。

雖然感覺卡夫卡是個為愛情而活的男人，但他面對自己心儀的女人，也是寫如此充滿消極字眼的信。

米蓮娜在給別人的信中，寫道：

「與其說我認識他，不如說我認識他的不安。」

第四章

對於自我內心的軟弱

深感絕望！

20 我沒有強項，只有軟弱

我沒有任何面對人生
必備的能力，
只有人性的軟弱。
——八開筆記本——

卡夫卡不只對於身體，還有心靈、能力方面，一再強調自己的「軟弱」。

「八開筆記本」是一本小筆記本，卡夫卡在筆記本上書寫短篇小說與發想的片段，亦用來代替日記，可說是一種日記性的記述。

所謂人生必備的能力，是指事業成功的能力、交際能力、結婚成家的能力等，也就是融入社會的能力。

卡夫卡不但欠缺這些能力，軟弱程度還比一般人加倍。

雖然他常為此感嘆，但是否真的想變強也令人存疑。因為他輕蔑像父親這樣處世風格剛強的人，卻也對這樣的人心生憧憬和尊敬，但至少自己不會想變成這樣的人吧。

雖然這個說法很微妙，我認為卡夫卡似乎對於自身的軟弱，頗感自傲。

不過他一直深為軟弱所苦，也是不爭的事實。

21 我總是一下子便失去幹勁

神經質的雨，
總是落在我的頭上。
我現在想做什麼事，
但過了一會兒，
又不想做了。

——給菲莉絲的信——

總是一下子便失去幹勁。

這種情況常發生在愛鑽牛角尖的人身上。

「我決定做這件事！」即便一時鼓足幹勁，「但為了做這件事，必須先做那件事才行……」「可能會出現這樣的問題吧！」「事情要是變成這樣，該怎麼辦？」等，思慮著各種問題與阻礙。

原本可以輕鬆辦到的事，卻成了擺置許多柵欄的障礙賽，不但柵欄愈放愈多，還增加高度，也就愈沒自信跨越。

不僅如此，還會心生一股空虛感：「到頭來，一事無成。」

二十世紀的詩人奧登說：「先行而後思」（Leap before you look.），為了付諸行動，這個道理的確很重要。

但卡夫卡絕對不可能這麼做，因為他是那種「只會一直觀望，絕對不會往下跳」的人。

22 沉重的不是責任，而是自己

一旦擔負一切責任，
你會立刻利用這機會，
利用這重責，做一件具有破壞性的事也說不一定。
但當你嘗試後，勢必會發現，
其實你沒有擔負任何責任，
因為你自己就是一項責任。

——八開筆記本——

卡夫卡用「你」這個字眼時，有時是泛指「人們」，但更多時候是指「自己」，也就是等同「我」這個字眼，只是稍微一般化罷了。

卡夫卡一旦擔負各種責任，肯定馬上垮掉，無論是幫助家裡的生意、結婚，還是身為長子、身為男人、身為社會一分子的責任……

但結果沉重的不是責任，而是他自己，自己抱持的生存責任才是重擔。或許換作別人，可以輕鬆面對。

而且他無法釋放這重擔。

23 為求不死，卻活得空虛

我的人生，
光是為了拂去尋死這個念頭，
便費了很大的勁。

——一則片段——

解放自我，只有自殺一途。

但就像前面引述的：「我懇求能夠從厭惡萬分、難以忍受的老舊獨居房，還至總有一天也會厭倦的新獨居房。」

而且卡夫卡始終無法抑制這番懇求的心情。

如果人生只是浪費在如何拂去自殺的念頭，未免太空虛了。

其實卡夫卡留下許多小說，只是有些沒寫完，有些是片段之作。

縱使人生大多虛擲，還是能做點什麼，不是嗎？

24 無法忘懷過往的痛苦經驗

其實我可以和別人一樣游泳，
只是對於過往的記憶，比別人鮮明，
無論如何也忘不了以往不會游泳的事實。
因此，對我而言，
就連現在會游泳的事實，都覺得不夠真切，
所以我怎麼樣都無法游泳。

——一則片段——

明明現在會游泳，卻因為以前不會游泳，而覺得自己無法游泳，或許不少人覺得這樣的觀點很莫名其妙。

如果指的不是游泳，而是戀愛呢？

雖然和別人一樣可以談戀愛，但因為無法忘懷過往痛苦的戀愛經驗，所以遲遲不敢再碰感情的事。

認同這個說法的人，應該不少吧？

這就是所謂的心靈創傷。

只是卡夫卡巧妙地以游泳來比喻。

25 相信自己，不必磨練

為求幸福，完美的方法只有一個。
那就是，
相信自己內心有某個確定穩固的東西，
而且不必努力磨練它。

——關於罪、苦惱、希望以及真實之路的考察——

日本第一位翻譯卡夫卡作品的人，是小說家中島敦。他翻譯《關於罪、苦惱、希望以及真實之路的考察》的部分內容。

中島敦的代表作《山月記》是一部短篇小說，因為經常被選為高中國文教材，想必不少人讀過。

小說描述一位叫李徵的男子變成老虎的故事，中島先生說過為何創作這部作品的理由。「我抱持以詩成名的心態，拜師學藝，亦結交詩友，卻未曾努力切磋琢磨」「因畏懼自己無才，而不敢刻苦磨練」「結果內心的怯弱自尊心被逐漸養大」「這般倨傲的羞恥心是猛獸，是老虎」（摘自〈李陵．山月記〉新潮文庫）

以老虎為喻的說法，與卡夫卡的意念可說如出一轍，看來中島敦對於卡夫卡的想法非常有共鳴。

心理學將這樣的心理狀態，稱為「自我設限」。

也就是藉由替自己設限，失敗時也就不會傷及自尊心的心態。

相信自己有才能，但要是不努力施展，失敗時便能替自己找藉口：「因為我沒有努力」，也就不會傷及自尊心。萬一成功的話，還能驕傲地說：「我明明不怎麼努力，還真是厲害！」

無論怎麼解讀，都對自己有利。

因此，約有七成的人抱持這種心態。

但要是沒有努力的話，成功機率自然減少，這就是自我設限的困境。

《山月記》裡的老虎也說：「成了老虎的現今，我漸漸發現一件事。每每想起，便感受到胸口有股燒灼般的懊惱。」「有好多人遠比我更無才能，卻因為一心一意地磨練，而成為堂堂詩家。」

以生活周遭為例，好比考試前一天還在收拾房間，或是不想碰書本等心態，也是一種「自我設限」。在重要工作即將進行的前一天，才熬夜買醉的心態亦然。

不少人都有過這種經驗，不是嗎？

第五章

對於父母深感絕望！

26 在父親面前，我自慚形穢

到最後，我站在父親面前，
已經完全喪失自信。
取而代之的，是不斷湧現的罪惡感。
我邊思索，
邊書寫作品裡的人物：
「即便我死了，也只有羞恥留世，彷彿我還活著。」
——給父親的信——

卡夫卡在三十六歲那年，寫了一封很長的信給父親。

要說有多長呢？他花了十天，原稿總共四十五頁，印製成德語作品也有七十五頁。

我想，幾乎沒人寫過這麼長的信，也沒人收過這麼長的信吧。

況且內容全是對於父親的怨恨。

「都是因為你，我才會變得這麼沒用。」信中滿是怨氣。

「都已經三十六歲了，還做這種事……」或許有人不以為然，但就是因為到這年紀，才寫得出來吧。

文章提到的「作品裡的人物」，是指《審判》這部長篇小說的主角K。

這部小說的主角K，竟然莫名其妙地像狗一樣被判刑，「也只有羞恥留世，彷彿我還活著。」就是小說的最後一行字。

可以說，正因為卡夫卡與父親的關係十分緊繃，才能催生名作。

27 明明無罪，還是遭受懲罰

年幼時的我曾因為夜半口渴，向您撒嬌。
父親您突然將我從床上一把抱起，
丟到露台，關上門，
我就這樣穿著內褲，獨自佇立了一段時間。
之後，我變得非常乖順，
內心卻深深受創。
對於年幼的我來說，想喝水是理所當然的事。
如此理所當然，與被丟到窗外的恐懼感，
無論如何也無法連結。
縱使經過幾十年，這件事依舊困擾著我。
也許那個巨大的男人，會再沒來由地向我衝來，
大半夜的將我從床上扔到露台。
也就是說，我這個孩子對他而言，

只是個毫無價值的東西，
我被這樣的想像折磨著。

——給父親的信——

對於卡夫卡來說，這段幼時經驗是非常重要的事。

明明無罪，還是遭受懲罰。

因為遭受懲罰，而心生罪惡感。

如此莫名其妙的罪惡感，不但無法消失，還一直殘存著。

他在八十六頁寫道：「（站在父親面前），就會不由自主地湧現一股罪惡感。」指的就是這件事。

他的父親的處罰方式的確過頭。

但大部分孩子應該會大哭，討厭父親，過了一段時間便忘記才是。

卡夫卡卻直到三十六歲，內心還清楚地留著這道傷口。

28
巨人父親

父親靠在椅子上，支配這個世界。
父親的意見絕對正確，
其他人的意見，
全是狂妄、古怪、不值得一提、不合常理的。
而且擁有龐大自信的你，
提出的意見不見得非要始終如一，
卻還是堅持自己的意見是正確的。
有時，父親也會對於某件事毫無見解，
此時毫無例外的，所有意見都是錯的。
好比父親咒罵捷克人、德國人，
接著又咒罵猶太人。
就這樣徹底地擊潰所有的人，
最後只剩下你自己。

對我來說，
父親帶著所有暴君都有的謎樣東西。
——給父親的信——

卡夫卡的父親赫爾曼出身貧苦人家，飢寒交迫的日子迫使他很小就必須工作。他是個很有體力、耐性，也很有生意頭腦的人，不但開店，生意還做得有聲有色。也就是說，他是個白手起家的成功商人。

這樣的他，充滿自信又自傲。

但沒有受過正規教育的他，完全不會德語。

當成功的光環與自卑感同時加諸在一個人的身上時，便容易變得獨善其身，喜歡攻擊別人。自卑感促使他喜歡否定別人，又擁有絕對的自信。

卡夫卡的父親就是這樣的人。

卡夫卡的摯友布羅德寫道：「以夫人的一句話來形容，就是『巨人』。法蘭茲一生都活在無比強勢，體格也比別人堂堂（身形魁梧、寬肩）的父親陰影下。」

卡夫卡十分畏懼其父，連和他說話時都戰戰兢兢。

29 完全迥異的價值觀

父親與我所追求的東西，完全不同。
能夠刺激我內心的事，
您絲毫不在意，
換個立場亦然。
對您來說是無罪的事，在我看來卻有罪，
換個立場也是如此。
對您而言，絲毫不引以為苦的事，
卻成了我的棺蓋。

——給父親的信——

卡夫卡與父親的成長背景截然不同，在富裕環境中長大（拜父親所賜）。父親希望孩子能接受良好教育，因此卡夫卡上大學，能以德語書寫小說。沒有接觸過勞力工作，身體孱弱，不必為錢煩惱的卡夫卡，對於儲蓄一事也興趣缺缺，加上家境富裕，沒有什麼奮發向上的企圖。接受高等教育的他對於寫小說之類的藝術領域，非常感興趣。

換言之，他與父親徹頭徹尾是兩種不同類型的人。

根據卡夫卡的說法，父親具有「征服生活與商場的意志」。

但在卡夫卡身上，卻找不到半點這種意志。

好比人活著就是為了賺錢，對於父親而言，這是一種生存價值，但對於卡夫卡來說，卻如同棺蓋。

30 父親給予的錯誤鼓勵

我需要的是，
一點點鼓勵與溫柔，
只需要一點點，便能助我開拓自己的路。
明明如此，你卻封了這條路。
當然，我明白你是出於讓我另走他途的善意。
但是我知道自己無此能耐。
好比你會極力誇獎、鼓勵，
邊舉手行禮邊行進的我，
但我根本不想從軍。
或是當我飽餐一頓，暢飲啤酒時，
抑或是我邊哼著不明其意的歌，
用你喜歡的措辭附和你的說法時，
你都會鼓勵我。

但這些事，
都與我的未來無關。

——給父親的信——

不希望孩子的童年和自己一樣困苦，想給孩子富裕生活。因為自己沒有受過什麼教育，希望孩子接受完整教育。

為人父母，不希望孩子步上自己的後塵。

另一方面，又希望孩子能和自己有著同樣的想法、同樣的感受，希望孩子接受自己的價值觀。

尤其是自信滿滿、事業有成的男人，或許更希望兒子和自己一樣。

不然也會下指導棋：「不能走這條路，要走這條路。」以自身經驗給予意見。

卡夫卡的父親似乎就是這樣的人。

猶如獅子教導老鼠該怎麼活下去。

問題是，老鼠自知比不上獅子，也還在摸索自己的生存之道。

31 我的所作所為注定失敗

當我開始對你的作為感到不滿時，
你總是要脅我：「你這麼做一定會失敗。」
一旦被這麼批評，
我就會非常敬畏、畏懼你的意見，
於是，失敗成了無可避免的事。
我對於自己做的事，失去信心。
變得缺乏耐性，疑神疑鬼。
隨著日漸成長，
你用來證明我無能的素材也愈來愈多。
結果就是，
證明你的意見絕對正確。

——給父親的信——

在日本，這樣的親子關係以母女居多。

母親為了能永遠控制女兒，會強勢命令：「這麼做就對了，不許那麼做。」不僅如此，對於女兒做的一切事情，還會不屑地批評：「反正一定會失敗。」

於是，女兒被母親的批評咒語束縛，連原本應該會成功的事也失敗。好比你準備飛越懸崖時，要是有人說：「不可能！一定會失敗！」你就會心生猶豫，結果真的失敗。

母親一旦說出：「看吧！果然失敗吧！」這樣的話，接著就會說：「我之前不就說過嗎？妳一定會失敗。」詛咒更強。

這麼一來，女兒便掙脫不了母親的支配。

卡夫卡與父親之間，也是這樣的關係。

32 希望孩子獨立，卻又不斷支配孩子

彷彿兩個小孩在嬉鬧。
一人緊緊牽著朋友的手，嘲諷似的說：
「去啊！為什麼不去呢？」
換作是我和父親的話，
你的一句命令：「去啊！」是認真這麼說的。
其實你從以前就不斷箝制、打擊我，
只是你自己不曉得而已，
對我來說，父親這個存在無比沉重。

——給父親的信——

為人父母有時會不自覺地支配孩子，不讓他們獨立。

一味將自己的價值觀，強壓在孩子身上。

這麼做，只會讓孩子無法獨立。

我認為，邊緊牽著手，邊問：「去啊！為什麼不去呢？」卡夫卡舉的這個例子非常好。

精準表達為人父母的毫無自覺，以及孩子那不知所措的苦惱。

33 父親的莫大影響力

有時，我會想像。
攤開一張世界地圖，
父親像要覆蓋地圖般，伸展身體。
只有你的身體沒有覆蓋的部分，
或許能活用於我的人生。
但因為你過於巨大，
沒覆蓋的部分只有一點點。
而且都是沒有喜悅可言的荒蕪邊境，沒有肥沃土壤的地方。

——給父親的信——

我們可以清楚瞭解，卡夫卡覺得他父親的存在有多麼龐然。
也可以感受到他想逃離這樣的影響，有多麼困難。
當然，父親不可能巨大到覆蓋整個世界，只是隱喻卡夫卡的心境。

34 溫柔的母親，只是可怕父親的手下

母親對我非常溫柔，這是事實。
但因為母親做的所有事情都和你有關，
以至於我和母親之間的關係並不好。
母親總是無意識地扮演狩獵時，負責哄趕鳥獸的人。

——給父親的信——

要是一家之主的父親比較嚴厲，通常母親會溫柔地站在孩子這一方。

但由於父親的強勢支配，母親只能在父親允許的範圍內行事，而且盡量迎合父親的要求。因此，孩子會有一種遭背叛的感覺。

卡夫卡的母親，便是如此。

他將母親比喻成狩獵時，負責將獵物驅趕出草叢，防止鳥獸逃跑，讓獵人比較容易逮住獵物的人。

卡夫卡的未婚妻菲莉絲，在寫給卡夫卡的摯友布羅德的信中寫道：

「雖然法蘭茲的母親非常愛他，但她絲毫不瞭解兒子是個什麼樣的人，有什麼欲求，而且完全無法理解兒子的想法，對他一點幫助也沒有。」

35
來自父親的反駁

「毫無謀生能力的你，
依舊過得如此快活，無憂無慮，
為了對得起我自己，
我要證明自己可以奪去你的所有謀生能力。
你之所以成為毫無謀生能力的人，不是你的錯。
而是為父的責任。
你悠哉度日，
身心都依賴為父，
打算過著無法自立的人生。」

——給父親的信——

這一篇是卡夫卡想像「父親看了信之後，肯定會如此反駁」而寫的短文。

父親的說詞有其根據，卡夫卡也「不否定這番批評的某種正當性」。

卡夫卡埋怨父親讓他成了無用之人，卻又無法離開父親的羽翼，心懷怨恨地與敵人親密生活著，就這樣過了三、四十個年頭。現今，這樣的孩子愈來愈多。

這篇短文以孩子的觀點來說，是被害者對於加害者提出的合理要求，也就是損害賠償。

但就父母觀點來看，卻變成卡夫卡的父親的反駁。

那麼，面對這樣的反駁，卡夫卡會如何回答呢？

他寫道：「這樣的反駁不是父親寫的，是我寫的。」

也就是用不著你來責備，我早已將自己批判得一無是處的意思。

雖然卡夫卡非常愛批判自己，卻抗拒別人批評他，所以他總是搶在別人前面批評自己。

他還寫道：「我的罪惡感十分強烈，因此沒必要透過外界再多添幾筆，我沒有辦法囫圇吞棗地吞下那些東西。」

結果，這封「給父親的信」，還是沒有送到父親手上。

因為被卡夫卡的母親攔截，沒有交給父親。

第六章

對於學校
深感絕望！

36 我在學校被認定是劣等生

同學們視我為笨蛋，
有幾位老師認定我是劣等生，
父母和我面對好幾次這樣的判定。
他們是一群藉由如此極端的判定，企圖支配別人的傢伙。
大家相信我是笨蛋的評判，
連證據都蒐羅到。
我為此氣過，也哭過，
甚至喪失自信，對將來深感絕望。
此時的我，猶如呆站舞台上的演員。

——一則片段——

常有日後被稱為天才的人，在學校不被認可的情形。

像愛迪生那樣因為聰明過人，學校無法滿足其求知的欲望，而告別學校的例子還算好，但像卡夫卡這樣無法跳脫框架，被判定是劣等生的情況，只會令人更消沉。

因此他覺得自己像個就算站上舞台，也只能呆站的演員。

面對別人的批評，卡夫卡說自己「氣過，也哭過」，這一點還真是稀奇，其他作品找不到類似的敘述，畢竟卡夫卡慣於貶低自己，卻不接受別人的批評。

可見學校對於卡夫卡來說，是一處多麼令他懊惱的場所。

看透那些判定自己是劣等生的教師，是「一群藉由如此極端的判定，企圖支配別人的傢伙」，如此尖銳的觀察力，不愧是卡夫卡。

網際網路的世界中，不乏這種傢伙。

37 對於母親來說，我成了悲傷的謎

我的成績很差，

差到勉強才能升級的程度。

對於兒子的能力懷著莫大夢想的母親來說，是一件很痛苦的事。

當然，我的醜態也無法隱藏。

這種事會自然傳開，

成了全校師生都知曉的事。

對於母親而言，我成了悲傷的謎。

母親既沒懲罰我，也沒斥責我，

因為她知道我已經盡了全力。

母親認為師長們在欺負我，

因此幫我轉學，我卻拿了比之前更糟的成績。

母親用悲傷的眼神看著我。

我不奢望自己有什麼好表現，

只求不要留級，便很滿足。

——一則片段——

「對於母親來說，我成了悲傷的謎」，對於卡夫卡而言，也是無比悲傷的事吧。

然而，卡夫卡「盡了全力」，卻「不奢望自己有什麼好表現」。

我想，這就是他成績欠佳的原因。

畢竟力求表現的堅毅心態，不像卡夫卡的作風，這也是沒辦法的事吧。

38
教育是一種毒害

我愈想愈覺得，
我接受的教育，
對我來說，是一種毒害。
很多事情都該被批評，
我卻邊上著這些人教授的課，
邊被當下其他事吸引，
心思完全不在課堂上。
無論這些人，
對於這樣的批評提出任何反駁，我都充耳不聞。

——日記——

上課時，「被其他的事吸引」是自己不好吧？

縱使有人想這麼反駁，「對於這樣的批評提出任何反駁，我都充耳不聞。」倘若當事人抱持這般心態，也沒用吧。

上課時，本來就應該專心聽講，不是嗎？

但面對無趣又沒營養的課，就算想專心也很難。

不受師長青睞，是卡夫卡的不幸。

但從不幸中得到力量，也算是一種幸運吧。

39 縱使成功好幾次，我還是無法湧出自信，只是愈來愈不安

我恐怕連小學一年級都念不完吧。
我不停這麼想，雖然事實並非如此，
但我還是無法湧出自信，
反而隨著一次次的成功，
堅信自己到最後，
肯定只有悲慘可言。
處在這樣的狀態，又如何能專心聽講？
哪一位老師能引出我心中勤學的火花呢？
我對於上課一事，
猶如盜領銀行存款的銀行員，
邊戰戰兢兢地害怕被察覺，
邊照常工作，
根本心不在焉。

——給父親的信——

卡夫卡的學業成績不太好，最主要的原因，還是歸咎於他總是「否定自己」。

卡夫卡鑽牛角尖的功力堪稱一流。

唯有意志消沉時，才會發揮這股能力。

縱使他暗暗猜想自己會留級，卻每次都過關，但他還是無法告訴自己：「下次應該沒問題，或許我沒有那麼糟。」

「但我還是無法湧出自信，反而隨著一次次的成功，堅信自己到最後肯定只有悲慘可言。」卡夫卡就是會這麼說的人。

失敗促使心情低落，成功卻擴大內心的不安與憂慮。

存著這種心態的人，怎麼可能積極。

一般心態比較消極的人，會有「只關注自己的失敗，無視自己的成功」這種傾向。

卡夫卡可說是更極端的例子吧。

第七章

對於工作深感絕望！

40 為五斗米折腰，只會阻礙夢想

我的工作，
是令我難以忍受的東西。
為什麼呢？因為它會阻礙我唯一想做、唯一的使命，
也就是寫作這件事。
我除了文學創作以外，什麼都不會，也不企求什麼。
因此絕不能讓工作占有我，
否則會被它徹底擾亂吧。

——日記——

雖然懷著「我想成為〇〇」的夢想，但夢想不能當飯吃，因此不少人從事的是「為了麵包的工作」（卡夫卡的說法）吧。

撇開夢想一詞不談，對於大部分的人來說，工作是為求溫飽，很少有人幸運地從事自己真正想做的工作。

而且工作時，有苦有樂，被肯定時很開心，不順心時非常懊惱。

雖然不少人抱怨：「我不想做了，我想辭職。」但真的辭職了，大多數人又覺得生活無趣，頓失重心。

但是卡夫卡不一樣，他從未停止詛咒工作，也絕不接受工作。

意志堅決地絕不妥協。

後來因病辭職時，非常開心。

41 每天早上，絕望侵襲站在公司走廊上的我

我忍受了五年辦公室生活。
最初一年待的民間保險公司，是一處特別恐怖的地方。
早上八點開始工作，到晚上七點、七點半、八點、八點半……天啊！
我站在通往辦公室的狹長走廊上，
每天早上被絕望侵襲。
若是比我強悍、頑固的人，恐怕早就歡喜地自殺了吧。
現在的我比以往好太多了，大家都對我很好。
縱使如此，我還是處於非常糟糕的狀態，
一想到必須奮力忍耐，就覺得非常不值得。

——給菲莉絲的信——

雖然卡夫卡極度厭惡他的工作，但他任職的那家公司其實沒那麼糟。

他最初待的民間保險公司，工作的確繁忙，時常加班到八點半，但一般人也不會厭惡到想自殺吧。

而且他待不到一年，便匆匆辭職，後來在摯友布羅德的父親介紹下，任職半官方的「勞工事故保險局」。

這裡的工作時間是早上八點到下午兩點，之後便自由了。

可說是非常棒的職場環境，卡夫卡自己也寫道：「大家都對我很好。」看來職場人際關係還不錯，他也沒有抱怨。

但卡夫卡還是覺得：「縱使如此，我還是處於非常糟糕的狀態」……

42 工作奪去我的能力

在我尚未辭去工作時，
完全喪失真正的自己，
也非常清楚自己有多麼厭惡這種事。
工作中的我，
簡直就像為了避免溺死，而拚命抬頭似的。
這是多麼困難的事啊！
感覺被奪去了能力。

——日記——

做著根本不感興趣的工作，可說不是真正的自己吧。
彷彿殺了真正的自己，扮演假的自己。
而且假的自己愈來愈膨脹，迫使真正的自己愈來愈淡薄。
大部分的人一旦從事什麼工作，就會設法融入。
於是，每天埋首工作，逐漸淡忘夢想的人也不在少數，這也是沒辦法的事。
然而，卡夫卡頑固地拒絕融入工作，而且深為其所苦。

43 我不是不想工作，而是畏懼工作

有人說，他是個怠惰者。
也有人說，他畏懼工作。
後者對於他的評價才正確。
他畏懼工作，
每次去上班，就像個必須離開故鄉的遊子般悲傷。
雖然是個不怎麼喜歡的故鄉，
畢竟是一處早已習慣、能讓人安心的地方。
他被城市街道拖著走，與剛出生的膽小幼犬無異。
下班後，他又拖著疲憊身軀回到故鄉。
只能腳步踉蹌地回到灰色又令人討厭的故鄉。

——一則片段——

「他」是指卡夫卡，以客觀的手法，稱自己為他。

這番感嘆著實道出無法融入社會的尼特族的心情。

「每次去上班，就像個必須離開故鄉的遊子般悲傷」，但下班後，回家時，又覺得回到「灰色又令人討厭的故鄉」。

為什麼呢？因為明明出門工作，結果還是回到同樣的地方，沒有任何改變。

或許這番敘述不太容易理解，例如早上掙扎著不想起床、不想出門，於是下班回到家，看到早上來不及整理，就這樣攤放在床上的棉被，心情便有點低落。

因此卡夫卡似乎每天上班都遲到。

44 因為出差，糟蹋了一切

我對於「蛻變」一詞，極度厭惡。
根本無法判讀的結果。
徹徹底底的不完全。
當時，要是沒有出差一事干擾，
應該會變得更好……

——日記——

根據山田太一的腳本所拍攝的電視劇《襯衫店》，描述一位滿腦子只有工作的裁縫師被妻子責備後，回了一句：「我要是不專注於工作，被其他事分了心，製作品質勢必降低。」

卡夫卡想說的，就是這句話吧。

當一個人專注創作時，卻被迫出差，要想再回到原先狀態不是一件容易的事。讀者亦然，想一口氣讀完一本書，一旦中途被打擾，趣味便減半，創作者更是如此。

但就算不是這樣，卡夫卡還是很擅長貶低自己的作品。

《蛻變》是卡夫卡的代表作。

諾貝爾文學獎得主卡內提曾說：「他用《蛻變》達到巧妙的極致」「沒有任何作品能超越《蛻變》」，十分激賞這部作品。

卡夫卡本人卻認為：「徹徹底底的不完全。」

45 我根本不在乎什麼社會地位

前些日子，我躺在路旁草地時，
碰巧一位因為工作關係而結識、身分高貴的紳士，
駕著氣派的雙頭馬車，
出門向一位身分更高貴的人祝賀。
我將筆直伸展的身子沉進草叢中，
感受被社會地位驅逐的喜悅。

——給菲莉絲的信——

當你躺在路旁草地，看見認識的人開著賓士車呼嘯而過，會有什麼感受？

我想，感受到「被社會地位驅逐的喜悅」的人，只有卡夫卡。

如此討厭工作，對於名利一事毫無興趣，抱著敷衍心態工作，這樣的員工不是很糟嗎？

其實不然，雖然卡夫卡上班常遲到，但他工作認真，備受上司肯定。

他的工作態度還算積極，有個小故事為例。

有一位左腳在工地現場遭輾斷的老工人，因為法律不夠周全，無法向卡夫卡任職的勞工事故保險局請領職災給付。此時，一位小有名氣的律師挺身而出，替老人爭取到職災給付，而且沒有拿半分酬勞。

請這位律師幫忙老人家的人，就是卡夫卡。

他不是基於工作熱情，而是出於扶助弱者的心。

雖然卡夫卡對於出人頭地一事不感興趣，工作能力卻備受肯定。他從臨時雇員做起，一路爬升至正職書記官、主任書記官、祕書長、主任祕書長，也管理不少部屬。

縱使如此，職場並不是他真正想待的地方。

第八章

對於夢想
深感絕望！

46 為何做自己喜歡的工作，不能出人頭地？

也許你很好奇，
為何我不辭去這份工作，
為何我不靠爬梳文字，出人頭地？
面對這問題，我只能無奈回應。
因為我沒有這等能耐，
恐怕我會因為這份工作，變得更不堪。
而且是急遽變得不堪吧。

——給菲莉絲的父親的信——

閱讀前一章，也許不少人會想：「既然卡夫卡那麼討厭工作，乾脆辭職不就好了？」問題是，卡夫卡沒有靠爬梳文字餬口的自信，應該說他對於這一點，非常絕望。

而且那時無法像現在這樣，靠打工維生。

所以縱使知道這是一個「為了麵包的職業」，自己絕對會變得不堪，還是只能硬著頭皮，繼續做下去。

這封信是寫給未婚妻菲莉絲的父親。

竟然對未婚妻的父親寫道：「現在這份工作會讓我急遽變得不堪吧。」果然是卡夫卡的作風。

但是菲莉絲並沒有將信轉交給父親。

這是當然的。

47 自己想做的事，無法變成金錢

我花了很多時間在工作上，
這份工作的特殊性質讓我明白，
文學創作不能當飯吃，是吧？

——日記——

卡夫卡的摯友布羅德是一位作家，從大學時代便活躍文壇。

明明有個以作家身分生活的範本在身旁，

也許你想說：「既然如此，卡夫卡也不要放棄，試著以寫作闖出一番天地，不就好了？」

但他完全沒有這種野心，雖然他極度厭惡工作，卻也深深明白「文學創作不能當飯吃」。

怎麼說呢？

因為他寫的東西，和別人完全不一樣。

布羅德創作的小說，是一般人都能接受的內容。

卡夫卡的創作若是這種風格，也能靠寫作餬口吧。

然而，他一點也不想寫這樣的東西。

他不是想得到作家這個頭銜，而是想寫自己想寫的東西。

但這樣的內容不被一般人接受，所以他無法靠爬梳文字餬口。

就算為了生活，做著不喜歡的工作，卡夫卡也要堅持自己的原則。

因此，「文學創作不能當飯吃」的絕望，不是表露他對自己沒自信，而是展現他對自己的創作深感驕傲。

「我花了很多時間在工作上，這份工作的特殊性質讓我明白」指的就是這一點。

48 寫作是我的天職

我的生活從以前，
就是嘗試寫作，而且大多是從失敗的嘗試中成立。
不寫作時，
我就躺在地上，
陷入被掃帚掃出去也是理所當然的狀態。

——日記——

卡夫卡認為寫小說是自己的天職。

雖然他生前沒有以小說家的身分闖出名聲，但他一直認為自己是小說家。

家人對於他的這股執念，多少覺得有點可笑，尤其是他的雙親。

母親認為卡夫卡要是結婚成家的話，就會沖淡對於文學創作的執著。也就是說，她認為卡夫卡還存著孩子心態，才會著迷於文學創作，要是成為一家之主，就不會再關注這方面的事。

就連卡夫卡要送一本自己寫的書給父親時，父親也只說了句：「放在桌上吧！」如此地蔑視，深深刺傷卡夫卡的心。

其實卡夫卡出書一事，並非他的實力被認可，而是他的摯友，人氣作家布羅德極力促成的。

即便如此，他還是認為自己是小說家。

對於一件事如此熱中、執著，也是一種幸福。

但卡夫卡無法單純地感受幸福，因為他總覺得自己寫的東西「大多是失敗之作」。

49 各種事情阻礙夢想實現

我的生活只為了寫作而準備。
我沒什麼時間，
也沒有體力，
工作是那麼令人不愉快，
住居騷亂，
要是無法過著舒心正常的生活，
只能耍詭計，找出一條逃脫之路。

——日記——

寫出好作品是卡夫卡的夢想。

然而，通往夢想的路上，卻有各種阻礙。

可以說，大多是卡夫卡過於神經質的緣故。

沒時間、沒體力、工作令人痛苦、噪音，一切的一切都成了卡夫卡的阻礙，迫使他無法寫小說。

但如前所述，卡夫卡留下大量原稿，而且因為他自己燒掉一部分，所以原本應該更多才是。

雖然他似乎沒有找到逃脫之路，但即便有著各種阻礙，還是做了自己想做的事。

50 拙於表達的我，猶如剛學步的幼兒

老實說，
我不知道怎麼說故事。
應該說，我拙於表達。
總覺得自己說故事時，
猶如剛學步的幼兒。
——日記——

以小說家自居的卡夫卡，總是貶低自己的作品。
追求更高標準的他，總是無法滿足，
但這句話可說貶抑到極致，
「我拙於表達」。
作家竟然如此否定自己的能力，恐怕世上僅此一人吧。

51 即便反覆做同樣的事，也束手無策

他堅信自己已經雕完雕像，
但其實只是反覆鑿同一處，
與其說是一心一意，不如說是束手無策。

——一則片段——

的確，卡夫卡的小說給人「反覆鑿同一處」的感覺。

像要努力描寫什麼似的。

當然，他創作了各種小說，也很有趣，但總覺得他下了那麼多工夫，只為了追尋一個目標。

卡夫卡之所以有那麼多未完成的作品，或許就是因為「束手無策」吧。

但他的未完成之作，反而更有魅力，好比羅丹的著名雕刻「沉思者」，也是未完成品，卻更富魅力。

巴別塔之所以崩塌，是因為根本不可能通達天際，卡夫卡亦然，他追求的是根本不可能完成的超高目標。

或許這是不少人明明朝著夢想努力前行，卻始終沒有任何成果的原因。

52 失敗之作的證明

總之，作品這種東西，
就是深不見底的失敗之作。
可以用一行行字證明之所以是失敗之作的理由。

——給米蓮娜的信——

卡夫卡去世前，交代布羅德「燒毀他所有的遺稿」。

燒毀自己窮盡一生創作的東西。足見他對待自己的創作，要求有多麼嚴苛。

對於追求百分之百完美的人來說，再也沒有比不完美的作品，卻被誤以為是完美之作，更令他痛苦的事。

布羅德非但沒有遵守好友的遺囑，還出版遺稿。關於這件事，有各種議論。

有人認為：「他背叛好友。」

也有人認為：「卡夫卡應該知道好友不會燒毀他的遺稿。」布羅德自己也這麼認為。

還有人覺得：「雖然卡夫卡留下燒毀這些作品的遺囑，但或許他還是捨不得。」

無論如何，多虧了布羅德，世人才能知曉卡夫卡這號人物。

出版遺稿一事歷經波折，遲遲找不到願意出版的出版社，即便請名人引薦，「對方說，沒聽過卡夫卡的名字。」卻得到這樣的回應。

縱使如此，布羅德還是為這件事努力奔走十幾年。

布羅德自己寫的小說隨著時間流逝，逐漸被世人遺忘，卡夫卡的小說卻隨著歲月流轉，獲得名聲。

現今，布羅德的名字在歷史洪流中，只是一位引薦卡夫卡作品的人。

兩人若泉下有知，會如何看待這件事呢？

53 縱然夢想是一切，卻也無法指望

身為文學家的我的命運，非常單純。
描寫愛作夢的私生活一事，是人生的中心，
其他事都成了其次。
我的生活陷入極度怯弱的狀態，而且無法停止怯弱。
除了描寫私生活以外，其他的事都無法滿足我。
但如今，完全無法指望這股描寫的力量，
恐怕已經永久失去這股力量。

——日記——

確實如卡夫卡所言，「其他的事都成了其次」。

他不但提不起勁工作，也無法如願地結婚成家。

更糟的是，一直以來盤踞在人生中心，也就是「描寫愛作夢的私生活一事」，也「完全無法指望」，甚至覺得「恐怕已經永久失去」，著實是絕望的告白。

然而，這篇日記寫於一九一四年的八月。

之後，卡夫卡陸續創作《審判》、《城堡》等重要長篇小說，以及〈在流刑地〉〈鄉村醫生〉〈萬里長城〉等數篇短篇名作。

足見絕望並不一定是壞事。

因為人也能從絕望中得到力量，從絕望中催生什麼。

第九章

對於結婚
深感絕望！

54 無論結婚與否，我都深感絕望

失去她，我無法活下去。

……可是我……

也無法和她一起生活吧。

——日記——

這裡的「她」，是指卡夫卡的未婚妻菲莉絲。

失去她，無法活下去，卻又無法和她一起生活，這究竟是怎麼一回事？

卡夫卡和菲莉絲訂過兩次婚，也毀過兩次婚。而且都是卡夫卡提出的。

他深愛菲莉絲，死命追求她，寫給她無數封情書。兩人交往五年間，他以字體非常小的德文，書寫了約八百頁的情書，翻譯成中文，足足可出版兩本字體非常小的全集。卡夫卡除了每天寫情書給未婚妻之外，還常常一天寄出好幾封，甚至拍電報給她，要是現在有人這麼做的話，肯定被視為恐怖情人吧。

卡夫卡曾寫道：「我是如此拚命追求妳，無論是什麼樣的童話、什麼樣的追求手段都比不上吧。」

明明如此，他卻主動提議解除婚約。應該不少人都覺得這種事令人匪夷所思吧。

其實現今這種人愈來愈多，不只年輕人，中年族群也是。

這種心態在心理學上稱為「矛盾型依戀」。

明明想和情人在一起，卻又刻意疏遠，非常喜歡卻又極度厭惡，有著心情極端搖擺不定的傾向。

然而，這種人其實離不開對方，相當依戀對方。

你的內心是否潛藏著這種情感呢？

55 愛無法讓相愛的人一起生活

無論是誰，都能愛著真實的對方，
卻無法和真實的對方一起生活。

——日記——

原來如此。

就算能夠接受真實的對方，要一起生活，可就不是容易的事了。

不過，應該是卡夫卡被對方這麼說才是。

雖然可以愛著充滿絕望的卡夫卡，要一起生活可就辛苦了。

56 我是如此憧憬「普通」生活

結婚，

共築家庭，

養育子女，守護子女，從旁教導他們，

對一個人來說，是無上的成功。

我也如此確信。

因為許多人輕易便能做到，

這就是最好的證據。

——給父親的信——

要是被別人說「你很普通」，絕大部分的人都會不高興吧。
因為對一般人來說，「普通」是不如別人的意思。
但對於卡夫卡而言，「普通」是遠勝自己，無法達到的境界。
他無法像一般人一樣結婚、生子、成家立業。
可以感受到卡夫卡對於這樣的事，無比憧憬。
結果他終身未婚。

57 被耍得團團轉的女人

是我想結婚，
也是我積極實現結婚這個念頭，
妳只是驚訝，無可奈何地跟從。
——給米蓮娜的信——

卡夫卡努力想結婚。

也曾表態，但他的婚約對象顯然很可憐。

那麼，他為何喜歡菲莉絲呢？

兩人初識後，卡夫卡在日記寫下對於菲莉絲的印象。

「還以為她是侍女」「遲鈍、結實、陰沉的臉」「毫無品味的裝扮」「扁鼻」「乾澀、毫無魅力可言的頭髮」「長得一副國字臉」。

全是壞話，但後來卡夫卡又寫道：「我已經下了不再動搖的決心。」

也就是說，他對菲莉絲一見鍾情。

卡夫卡究竟喜歡她哪一點呢？

卡內提說：「他想跟隨她的堅韌。」

的確，菲莉絲似乎身體頗為健康，也很能幹。

這些都是卡夫卡欠缺的東西。

也許他想憑藉她的力量，邁向結婚之路。

58 我讓愛我的人陷入不幸

三次婚約的共同點就是，
一切都是我的責任，一切都是我造成的。
我讓兩個人變得不幸，
因為我沒有能耐結婚。
但我絕望地愛著她，
愛到我認為除了結婚一事以外，沒有什麼好努力的。
——給米蓮娜的信——

卡夫卡與菲莉絲兩度訂婚又毀婚之後，又和另一位女性訂婚。
一位名叫茱莉的女子。
但兩人最終也沒有步上紅毯。
卡夫卡明明十分憧憬婚姻，也有過未婚妻，卻還是沒能結婚。

59 我之所以無法結婚的理由

那麼，為何我無法結婚呢？

因為打從決定結婚的瞬間開始，我便無法成眠，晝夜頭疼，

只要活著，便只有絕望伴隨著我，

整個人陷入這般狀態。

原因是不安、虛弱、自我輕蔑等壓力造成。

也就是說，顯然我是個精神上無法結婚的人。

——給父親的信——

雖然有所謂「恐婚症」，但應該很少男人像卡夫卡的症狀那麼嚴重吧。

「反正就是結婚嘛！」有些人將結婚視為一般事情看待，但對於卡夫卡來說，結婚是無法承受的大事業。

順道一提，菲莉絲和卡夫卡分手後，嫁給有錢的創業家，育有兩個小孩。

60 結婚才是步入現實的一道關卡

女性，不，說得更極端點，結婚意味著，不得不與你對決的現實人生。

——八開筆記本——

這裡的「你」指的是卡夫卡自己，也就是說給自己聽的。

我想起詩人穗村弘寫的《現實入門》。

這本書的重點是：「恐懼『現實』，只想逃避現實的男人，四十二歲初次挑戰各種從未做過的事，像是捐血、相親、找房子，還有求婚。」

敘述作者挑戰至今從未做過的事。

這本《現實入門》的最高潮，果然也是結婚。

看來結婚才是現實生活的代表吧。

現今時代，無論男女，愈來愈多人不結婚，也許是愈來愈多人恐懼現實，只想逃避吧。

61 只是接近她，便讓我傷痕累累

我愛一位少女，少女也愛我。
但我必須離開她。
為什麼呢？我到現在還是不明白。
她彷彿被舉槍的士兵團團護住似的，
只要一接近她，我就會被槍刺傷，
一旦被刺傷，便只能無奈退後。
傷痕累累的感覺究竟有多痛苦呢？
這不是少女的責任，我很清楚這一點。
其實我也被士兵包圍，
只是槍口向內，也就是對著我。
要是我想接近少女，會先被周遭士兵的槍刺傷，
我已經無法前進。
少女之後會一直獨身一人嗎？

不，其他男人肯定會不受妨礙地接近她。
我只能愣愣地看著他們的臉，因為親吻而貼近。
我的存在宛如空氣。

——一則片段——

與其說這是親身經歷，不如說是卡夫卡對於與異性交往的想法吧。個性比較害羞的男人，肯定頗有共鳴，其實不只男人，女人亦然。明知對方對自己也有好感，卻不敢接近對方，只因為害怕受傷。如此纖細的情感一旦出現，便能輕易地讓自己打退堂鼓。此時，自己在對方心中的存在感也會被抹消。卡夫卡年輕時，便經歷多次如此悲傷的戀情。

第十章

對於生兒育女

深感絕望！

62 我很想要有自己的小孩，卻無法擁有

我絕對無法擁有自己的孩子吧。

——日記——

現在愈來愈多人不想生小孩。

理由不外乎，「討厭小孩」「就算有小孩，也是要麻煩爸媽照顧」「養小孩很花錢」。

卡夫卡不是基於這些理由。

其實他十分渴望像一般人那樣生兒育女，有自己的家庭。

但同時，他又非常猶豫。

「我絕對無法擁有自己的孩子吧」，如此對於未來的想像，並非意味著「我絕對不會養兒育女」的意志，而是出於無法得到自己想望之物的喟嘆。

63 為人父的冒險旅程

我絕對不會踏上為人父親的這趟冒險旅程吧。

——日記——

我真的能為人父，扮演這角色嗎？

我想，不少人都有這股不安吧。但大多數人還是會有「想體驗當爸爸」的感覺，告訴自己別想太多，克服內心的猶豫不安。

卡夫卡卻沒辦法，哪怕是一點點不安，都會在內心不斷膨脹。

64 我可以留下自己的血脈嗎？

我不希望留下自己的血脈，且頑固地堅持著。

——日記——

對於生物而言，傳承自己的遺傳基因是最強的本能吧。

正因為如此，人類才能存續至今。

但若是非常厭惡自己，對於讓酷似自己的存在誕生一事，自然會非常厭惡，甚至有一股罪惡感。

卡夫卡恐怕就是如此吧。

65 我厭惡酷似自己的孩子

如果結婚，
要是生出像我這樣，
愚蠢、遲鈍、薄情、罪孽深重的兒子，
我一定無法承受。
要是沒有其他解決對策，
我會為了躲避兒子，逃往別處吧。
我之所以無法結婚，也是因為這個緣故吧。

——給父親的信——

要是孩子和自己很像，一般人都會很開心吧。卡夫卡之所以和父親相處不睦，就是因為兩個人的個性截然不同。

俗話說：「不像父母的孩子是妖怪。」

但卡夫卡的情形是，像自己的孩子是妖怪。

亦即他無法忍受自己，卻又無法逃避。

據傳卡夫卡其實有小孩。

菲莉絲的朋友，一位叫葛蕾的女子曾和卡夫卡談過一段短暫的戀情。

卡夫卡去世十六年後，葛蕾在寫給友人的信中，提到她為卡夫卡產下一子，但孩子七歲便夭折，而且自始至終，卡夫卡都不曉得自己是這孩子的父親。

但從當時的書信、日記和情況研判，這件事的可能性並不高。

就卡夫卡的個性來看，也很難想像會有這種事。

但沒人知道事實真相，

也許卡夫卡的確有過孩子，但對他來說，恐怕也不是什麼開心的事。

第十一章

對於人際關係深感絕望！

66 深感來自人際關係的壓迫感

其實，我覺得自己與人際關係一事無緣。
當我身處陌生環境、陌生人群，
或是感受不到親密感的人們當中，
便覺得整間房子壓住我的胸口，使我無法動彈。

——日記——

個性靦腆的人與別人在一起時，會覺得愈來愈痛苦，因為他們十分在意別人的心情，覺得自己很羞愧，連呼吸也變得困難。

所以說，這種人討厭與人來往嘍？

當然，他們極力避免與別人往來，但還是有不少人維持著基本的社交行為。

由此可知，個性內向害羞與社交能力完全不一樣，兩者的性質截然不同。

因此，有些人個性靦腆，卻具有社交能力。

這種人其實活得很痛苦。

怎麼說呢？因為他們想和別人在一起，卻又覺得在一起時很痛苦。

卡夫卡應該就是這種人。

67 我和別人在一起時，感覺自己的存在逐漸消失

我和各種人度過浪費時間的夜晚，
我努力聽他們說話，
但就算再怎麼努力，我也不在現場，
也不在其他地方，
搞不好我這兩個小時不是活著吧。
肯定是的。
為什麼呢？因為如果我坐在那裡的椅子上，
我的存在應該更明確才是。

——日記——

大夥兒聚在一起聊天時，明明聊得很愉快，唯獨自己總覺得格格不入。

明明自己坐在那裡，卻覺得好像不存在似的。

像這樣和一群人聚在一起，卻覺得分外疏離的人，應該不只卡夫卡吧？

明知這樣的感覺不太好，過一陣子，又經歷這樣的夜晚。

因為和別人在一起時，就想獨處；獨處時，又想和別人在一起。

68 兩個人在一起時，更孤獨

他覺得兩個人在一起時，
比獨處更孤獨。
兩個人在一起時，對方抓著他，他卻束手無策。
獨處時，所有人都抓著他，
無數隻手伸向他，卻沒有一隻手真正抓住他。

——日記——

這裡的「他」也是指卡夫卡。

兩個人在一起，卻無法心靈相契的孤獨遠比獨處時，感受更深刻。獨處時的孤獨，或許靠著和誰碰面便能消解，但和別人會面而感受到的孤獨，就無法消弭了。

「對方抓著他，他卻束手無策」，其實不是指被暴力對待，而是不知如何和對方相處。獨處時，其他人成了「世間」或「社會」之類的大團塊，而自己彷彿要被這股強大的力量壓垮似的。

縱使如此，還是比和一點也不瞭解自己的人在一起強多了。

69
我不希望和朋友有所牽扯

我試著整理自己一直以來和朋友的關係，
發現這根本是一段枉然的助跑。
人在漫長人生中反覆嘗試，大抵都是毫無希望的一種助跑。
助跑後，接著跳躍。
然而，真的能積極地飛向人生，
還是飛離人生呢？
當事人也不知如何是好。

——一則片段——

雖然卡夫卡悲觀看待他與朋友之間的關係，但他有一位名叫布羅德的摯友。

他們結識於大學時代，直到卡夫卡過世，兩人的友誼始終不變。

不，卡夫卡去世後，布羅德為了讓卡夫卡的作品出版問世，努力了幾十年。拜他之賜，卡夫卡的名字才能成為一個永恆的存在，所以說他們的友情永遠持續也不為過。

但卡夫卡與布羅德是完全相反的兩個人。

一位是有家室，善於交際，深受普羅大眾喜愛的人氣作家。

一位是孤家寡人，不善交際，不受青睞的無名作家。

與其說兩人心靈相契，不如說彼此在對方身上看到自己的不足。

雖說如此，還是讓人覺得不可思議。

像卡夫卡這樣的人，為何如此看重他和布羅德的友情？照理說，卡夫卡應該很瞧不起布羅德寫的小說才是。

關於這疑問，作家米蘭．昆德拉給了絕佳解答。

「你會因為你的好友不時寫些不入流的詩，便討厭你的好友嗎？」

第十二章

對於真實
深感絕望！

70 真實之路，掛著絆倒行者的鋼索

為了挺進真實之路，
必須跨越一條鋼索。
這條鋼索不是掛在高處，
而是掛在離地面高一點點的地方。
與其說是方便讓人走過，
不如說是為了絆倒行者。

——關於罪、苦惱、希望以及真實之路的考察——

真實之路上，掛著一條為了絆倒行者的鋼索，這個說法的確很有卡夫卡的風格。
同樣是德國作家，性格開朗的歌德則是說：「只有果實多的東西，才有真實。」
得到許多真實果實，與在真實之路被絆倒的卡夫卡。
你是屬於哪一方呢？

71

真實往往令人難以接受，強行迫近

即便想要躲開而後退，
那道光還是照在愁苦的臉上，
這就是唯一的真實。

——關於罪、苦惱、希望以及真實之路的考察——

真實猶如璀璨的寶石，但不是那種想讓人得到的東西，而是就算你再怎麼討厭，它還是會迫近，而且很難接受的。即使你覺得「我不要這樣的真實！」但這就是唯一的真實。

那麼，對於真實如此絕望的卡夫卡，肯定不斷逃避真實？其實不然，他反而不斷追求。

卡夫卡在給友人的信上寫道：

「我究竟是為了什麼讀書呢？就像你說的，是為了變得幸福嗎？哎呀，就算沒了書，我們也一樣會幸福，不是嗎？聽好了，所謂必要的書，就像無比痛苦的不幸，就像深愛的人死去，就像被迫離開所有人，被放逐到森林，就像自殺似的。書就像是必須用斧頭，鑿開我們內心凍結的海洋。」

「我才不想讀這種書呢！」讓人想拒絕的這一點，和真實是一樣的。

而卡夫卡寫的就是這樣的書。

72 眼前的一切現實皆幻影

一切皆是幻影，
無論是家人、工作的地方、朋友，還是路。
無論身在遠處，還是近處，一切都是幻影。
女人也是如此，
一切只在你的腦中。
只有你將自己的頭，
朝沒窗沒門的獨居屋子牆上壓，
這件事是真實。

——日記——

也許有人看了這則短文，會聯想到電影《駭客任務》。

看來卡夫卡也深深影響科幻界，發想出以不安妄想為題的作品。

譬如，菲利普．狄克曾創作多部以「其實宇宙不過是存在於某人腦中的妄想」「過往的記憶權勢被植入的虛假」等，對於自我認知（自己究竟是誰）極度不安為題的科幻作品。

以創作史蒂芬．史匹柏執導的電影《決鬥》的原作、腳本，打開知名度的編劇理察．麥特森，曾寫過一部描寫妻子、朋友、社會、家園等，全都消失，甚至連自己也消失的短篇小說《蒸發》。

讀者覺得如此荒謬的情節很有趣，也從中感受到些許的不安。

莫非現實中的一切，只是存在於腦中的幻影？

尤其是青春期的孩子，更懷有這樣的不安，因為他們面對自己身處的現實，感受不到充分的現實感。

嚴重一點的話，甚至覺得連自己的身體都不是自己的，也就是所謂的「人格解體．失真感症候群」。

卡夫卡比誰都深切感受到這種不安，但還不至於到生病的程度，只是痛苦地留在現實。

因為這種人不多，卡夫卡可說是非常特別的一個人。

第十三章

對於飲食
深感絕望！

73 極端的飲食控制

不吃消夜的我，
讓母親難過啜泣。
——日記——

「不進食」這件事，是卡夫卡的一個特徵。

他擔心自己纖瘦虛弱，卻又堅持不進食。

倒也不是消極地看待健康一事，相反地，他是為了健康著想，不輕易進食。

想想，吃東西這件事就是讓外在的東西進入體內，讓身體吸收自身以外的東西。

就像我們不會輕易讓陌生人進家門般，也不會隨便亂吃東西。

在無法判斷吃進口中的食物是好是壞，多少還心存疑慮的情況下，絕不進食。

即便是母親親手做的料理也是如此，才會讓母親難過啜泣。

74 卡夫卡的餐桌

我一天只吃三餐，
絕不吃點心和消夜。
我的食量很小，尤其是肉類，吃得比一般人少很多。
點心對我來說，有害無益。

——給菲莉絲的信——

卡夫卡基本上是素食主義者，他大多只吃蔬菜、水果、堅果類、牛奶、優格、全麥麵包等，並非基於宗教理由，只是為了健康著想。

照他這種飲食法，以現代的減重方法來看，可說非常健康吧。

但卡夫卡的心態更極端。

他消極地描述：「他努力讓自己遠離毒與危險」「無論是呼吸、飲食、還是藥劑，只要是進入他口中的東西都是威脅肉體的毒」。

他為了呼吸新鮮空氣，就算是嚴寒冬日，還是睡在敞開的窗子旁。

他為了讓全身能夠呼吸到新鮮空氣，不時會裸體做體操。

他嫌暖氣會使空氣汙濁，而絕不開暖氣。

他認為抽菸是最無謂的事。

他當然也不喝酒、咖啡和茶，因為這些都是刺激物。

但如此堅持的結果，真的能得到健康嗎？就像卡夫卡寫道：「因為愈來愈擔心的緣故，感覺自己最後真的病了。」

如此節制自己的生活行為，如此重視呼吸新鮮空氣，卻罹患肺結核的他，其實很可憐。寒冬不開暖氣，開著窗子，裸身做體操等，這些行為反而危害身體健康也說不定。

75 貪婪的暴食衝動

只要覺得胃沒問題，
我就會想像自己暴飲暴食的模樣。
一口咬斷又老又硬的香腸，猶如機械般咀嚼，然後粗魯地吞進肚。
將厚厚的五花肉猛塞進口中，
我將不乾淨的食品店一掃而空。
青魚、小黃瓜，這些觸碰受傷老舊的舌頭，會引起一陣麻木的食物，
塞滿我的肚子。

——日記——

即便是只吃天然食品的人，偶爾也會有想吃速食的衝動，不是嗎？

卡夫卡也有這樣的心情。

他不只想大口吃肉，還想將「不乾淨的食品店」一掃而空。

卡夫卡有時也會被自己的神經質搞得身心俱疲，什麼清潔、毒啊、有害身體之類的問題，完全拋諸腦後，只想大啖美食。

因為他過於擔心自己脆弱的腸胃，飲食非常節制；如果他拋開諸多顧忌，也許腸胃不會如此脆弱，也能實現他大快朵頤的願望。

76 我想吃，卻沒有可以入口的食物

「我無法尋找自己覺得美味的食物。
因為如果我找到美味的食物，
不會用禁食方式，引起世間騷動，
而是肯定和大家一樣，
大吃大喝地過活。」

——《飢餓藝術家》——

這一則不是摘自卡夫卡的日記或信件，而是小說的一段文字，敘述一位以禁食作為藝術表演的男人，臨死前留下這番話。其實說是卡夫卡吐露心聲也不為過吧。

他想和大家一樣大啖美食，卻做不到。

他想和大家一樣結婚成家，卻做不到。

他想和大家一樣平凡活著，卻做不到。

他絕對不是不想這麼做。

其實，卡夫卡離開家人、工作與朋友，在鄉下的療養院接受治療時，放鬆而安心的他也會吃肉。

而且還因此變胖！

他對於食物的莫名堅持，源自內心的不安，以及對現實的抗拒。

第十四章

對於失眠
深感絕望！

77 我無法入睡，而且睡眠品質極差

今天又是個嚴重失眠的夜晚。
我不停地翻來覆去，
總算在最後兩個小時，
勉強入眠，
但是作的夢，卻稱不上夢，
呈現不能算是入眠的狀況。

——給菲莉絲的信——

應該有不少人對於卡夫卡描述失眠的情況，頗有共鳴吧？
不少人都有失眠的煩惱，堪稱現代文明病。
醫院有睡眠專科，坊間也有不少專治失眠的診所。
在床上翻來覆去，就是睡不著，真的很痛苦。
睡眠品質不好也很痛苦。
應該不少人必須長期服用助眠藥。
但堅決不碰藥物的卡夫卡，當然不肯服用，
因為他不喝酒，也不會喝酒助眠。

78 失眠之夜的喇叭

不知不覺間，
失眠之夜的喇叭又響起。
——給米蓮娜的信——

從卡夫卡這番戲謔之詞，感受到他對於失眠一事的絕望。

飲食方面，他還能自我控制。

但睡眠方面可就不行了。愈是想入睡，反而愈睡不著。

因此，卡夫卡的絕望也愈深。

79 永遠的失眠

因為現世這些短短的夜晚，
讓我很有可能要對於永遠的夜晚，抱持不安。

——給米蓮娜的信——

卡夫卡曾想過自殺，之所以會有這個念頭，也許是因為失眠的關係。

倘若死亡是「永遠的沉睡」，對於一直深為失眠所苦的卡夫卡來說，死亡很有可能成為永遠的失眠。

雖然他沒有明說，但多少感覺得到他對於「永遠的沉睡」一事有所憧憬。

80

失眠與頭痛，迫使我白髮蒼蒼

三十七歲的我，即將三十八歲。
然而失眠與頭痛，
迫使我白髮蒼蒼。

——給米蓮娜的信——

對照後世流傳的卡夫卡的照片，不但沒有白髮蒼蒼，髮色還挺烏黑的。恐怕只是冒出幾根白頭髮罷了。況且這年紀有白頭髮也是很自然的事。卡夫卡肯定相當在意自己有白頭髮一事。

皮膚科或整型外科常見因為「抬頭紋」而求診的女性，其實就醫師的專業來看，皺紋根本沒那麼明顯。

就算醫師說破嘴，患者不但無法接受，還一直強調：「光線一照，從那個角度就看得到很明顯的抬頭紋。」認為自己臉上的皺紋十分明顯。

這是因為人總是在意自己的缺點，卻看不見優點的緣故。也就是說，這不是皺紋的問題，而是心靈的問題。

卡夫卡也是如此，他只在意惱人的白頭髮。

因為沒有人像他如此在意自己的缺點。

81 我為何失眠？

當我靜靜地躺在床上，
內心便湧現一股不安，
根本睡不著。
良心，
不停敲擊的心臟，
恐懼死亡，
祈願能戰勝死神，
妨礙睡眠，
我只好又無奈地起身，
就這樣反覆地躺下、起身，
這其間，腦袋只能不停胡思亂想，這就是我的人生。

——八開筆記本——

卡夫卡失眠的原因，果然是因為不安與憂慮。

不安與憂慮迫使他睡不著，心情更焦慮，陷入惡性循環。

好比睡覺時，有監視器在監視，恐怕就連一向好眠的人，也很難入睡吧。卡夫卡的情況近似這樣，因為他太在意自己的許多事，以至於神經緊繃。換言之，監視者與被監視者都是他自己。

「就這樣反覆地躺下、起身，這其間，腦袋只能不停胡思亂想，這就是我的人生。」

這樣的人生似乎很空虛。

然而，「胡思亂想的事」卻意外地有價值。

卡夫卡的情形正是如此，換作是我們，應該也是吧。

第十五章

對於生病……

並不絕望！

82

結果我真的生病了

約莫三年前的某天深夜，我開始咯血。

因為是從未有過的事，我也和一般人一樣緊張，當然多少有些驚訝。

我從床上起身（後來才曉得睡眠對於自己的健康有多麼重要），走到窗邊，靠在窗旁，然後走向洗臉台，之後在房間走來晃去，又坐回床上。

血完全無法止住，

我卻一點也不覺得悲傷，

雖然一直深為失眠所苦，但我想只要不再咯血，應該就能睡著吧。

事實是，咯血止住了，我卻依然夜不成眠。

早上傭人來，她是個善良、毫不矯揉造作的女孩。她看到我咯出的血，說道：「看來您性命堪憂。」

縱使如此，我還是一如往常上班，

下午去醫院就診。

——給米蓮娜的信——

卡夫卡於一九一七年的八月，也就是三十四歲時喀血。

他罹患肺結核。

他一直很擔心自己的身體狀況，對於飲食方面非常節制，結果卻還是生病。

心想，他該有多麼絕望，沒想到他竟然一點也不絕望！

應該說，他反而得到救贖。

一般人要是吐血，肯定會哀傷、不安地睡不著覺，他卻想著：「這下子總算能睡著吧！」結果還真的睡著了。

他絲毫不覺得絕望，反而有一種鬆了一口氣的感覺。

這究竟是為什麼呢？

83 疾病是一項武器

肺結核是一項武器，
我大概無法健康地活著吧。
因為在我有生之年，無論如何這都是一項必要的武器。
而且兩者無法共生。

——給菲莉絲的信——

將疾病比喻成「武器」是什麼意思呢？

所謂「疾病得利」，意思是「藉由生病一事，得到利益」。譬如，可以請假不上班，或是得到周遭的關懷等。

卡夫卡徹底活用這項武器。

一直為結婚這件事煩惱不已的卡夫卡，成了病人後，就不用再煩惱這件事。

他因病與菲莉絲二度解除婚約，雖然菲莉絲表明：「就算你生病了，我也不會拋棄你。」但卡夫卡並沒有接受她的心意。

為了生計，只好硬著頭皮工作的他，生病後也不能工作了。他因病告假，還延假好幾次，最後不但退休，還申請到年金給付。這下子卡夫卡不用工作，也能拿到半份薪水。

如此一來，因為生病的關係，現實生活中的各種惱人問題得以束之高閣，卡夫卡不再「身處現實」，而是「脫離現實」。

就像畏懼在前線打仗的士兵因為受傷住進醫院，反而得以解脫般；令人恐懼的事，反而讓卡夫卡鬆了口氣。

多虧從現實的諸多煩惱解放，他不但不必再為失眠所苦，也不再頭痛。卡夫卡寫道：「已經很習慣我的肺結核毛病，這不但不是壞事，反而還帶來不少好處。」

他的摯友布羅德也寫道：「（卡夫卡）疾病意味著自己決定認輸！但他之後真的睡得著，得以解脫嗎？」

84 骨折也是一種美妙的體驗

忘了是何時，我的腳曾骨折。
那是這輩子最美妙的體驗。
——一則片段——

卡夫卡竟然讚美骨折一事！

雖然這世上有人讚美各種事，但應該不會有人讚美骨折這種事吧。

為什麼卡夫卡那麼高興自己的腳骨折呢？

有強烈的自我嫌惡感與罪惡感的人，渴望藉由被懲罰一事，讓心靈得到平靜，因為這麼做可以減輕心中的罪惡感。

卡夫卡的罪惡感比誰都要強烈，因此他很開心自己骨折，也很高興罹患肺結核，或許是想藉由遭受莫大懲罰，舒緩內心的罪惡感。

即便如此，又是為何說出「這輩子最美妙的體驗」這句話呢？

因為心靈的創傷是肉眼看不見的曖昧，也不一定能隨著時間自然治癒。相反地，身體的傷不但清楚可見，某種程度的傷還能隨著時間，逐漸痊癒。

卡夫卡從中體驗到美妙感嗎？只能說，這是有自殘傾向的人，共通的心理狀態。

85 心病是疾病的成因

我罹患的是心病。
這心病彷彿從岸邊溢出來似的。
腦中充斥著難以忍受的疲憊與痛苦。
「我已經不行了。有誰可以幫我多少分擔一下這個重擔嗎？」
這是來自肺的祈願。
在我不知情的情況下，
腦袋與肺暗中進行的這場交易，也許很可怕吧。

——給米蓮娜的信——

卡夫卡的不安與憂慮，肯定是導致他健康亮紅燈的原因吧。

他自己也心知肚明。

但對他來說，身體的痛苦遠比心靈的痛苦來得輕鬆多了。

至少在他病情還不是很嚴重時，米蓮娜曾寫道：

「他雖然想治好病，但另一方面，又下意識地培養疾病，在心裡助長疾病生成。」

卡夫卡為了養病，向公司請假，前往和他感情很好的妹妹奧特拉的住處療養。奧特拉住在無電可用，離最近車站有好幾公里遠的偏僻農村。

卡夫卡遠離家、遠離職場，每天生活在豐饒的大自然中，呼吸新鮮空氣，享用新鮮食材，幸福無比。他遠離現實，重獲自由。

原本打算住三個月的卡夫卡，又留宿八個月，他回想這段時間是「這輩子最幸福的時光」。

奧特拉也說：

「神送了家兄『疾病』這個禮物。」

86 肺結核這疾病，猶如母親的裙子

我現在借助肺結核之力。
好比孩子抓著母親的裙子，
有了莫大的支撐。

——給菲莉絲的信——

這樣的比喻手法，真的很奇妙。
容易讓人誤解母親就是死神，不是嗎？
但閱讀至此的讀者朋友，想必非常清楚這幾句話的意思。
以卡夫卡的情況來說，或許與疾病共存才是最理想的狀態。

但就像卡夫卡自己寫道：「兩者無法共生」，的確無法如此。

卡夫卡剛罹病時，病情並不嚴重。

況且在當時，大部分肺結核患者只要好好療養便可痊癒。

雖然卡夫卡的病情曾一度好轉，

但終究還是敵不過病魔的摧殘，

或許也是因為他心疾沉痾的緣故。

他罹患厭食症，整個人骨瘦嶙峋，直到去世的前一天，還在校對小說《飢餓藝術家》的書稿。

一九二四年六月三日，將近正午時分，卡夫卡去世，得年四十歲。離生日七月三日，只差一個月。

他臨終時，將站在病榻旁的醫師錯看成妹妹愛莉。他擔心妹妹染病，還叮囑道：「愛莉，妳去那邊，不要靠我太近。不能靠這麼近，沒錯，站在那邊就對了。」

他寫給雙親的最後一封信，因為氣力耗盡，並未寫完，根據當時照顧他的女友朵拉的敘述：「他的願望只寫了兩、三行，好像是非常重要的事……」

果然很有卡夫卡的作風，連最後一封信都沒完成。

後記

卡夫卡是個比誰都脆弱的人

但他的日記與信件，竟然有趣得驚人！

記得當年出版《卡夫卡全集》時，買書成了我每個月的樂趣。

但我沒有買《日記》與《信件》這兩本。

一方面對於當時還是學生的我來說，一整套書真的很貴，再者也是因為對於他的私生活不太感興趣。

直到我後來讀了卡內提的小說《另一場審判》，簡直驚訝得跳起來。

這本書詳細分析卡夫卡寫給菲莉絲的信，而且引用的信件內容饒富意趣！

於是，我趕緊搜尋《卡夫卡全集》的《日記》與《信件》這兩本，為了找這兩本書著實煞費苦心。

不只小說，卡夫卡的日記、信件，甚至是隨手一記的留言都很有意思。

無論寫些什麼，都有強烈的卡夫卡風格。

雖然現在很想閱讀所有他的日記與信件的翻譯版本，但遍尋不著二手書，真的很遺憾。

因此，我想藉由此書，多少傳達卡夫卡的魅力。

此外，本書是由飛鳥新社的品川亮先生提議促成的，讓我成就了一件有意義的工作，身為卡夫卡迷的我，在此向他致上最深的謝意。

脆弱也是一股莫大的力量

卡內提在《另一場審判》中，寫道：

「縱使是乍見非常一般的事態，他也能因為別人的一番破壞行為，體驗到初次經驗。」

「雖然不能說是絕大多數人，但的確有不少人對人生深感無力，但卡夫卡是無時無刻不意識到自己的無力，就連別人覺得沒什麼大不了的事，他都有無力感。」

雖然這樣的說法不容易理解，卻很貼切地描述卡夫卡這個人。

卡夫卡是個比誰都脆弱的人。

他對於自己的強項視而不見，只在意自己的脆弱。

他覺得自己的腳力不好，連爬一小階樓梯都很小心。

他覺得自己手無縛雞之力，所以連提一點點東西都很小心。

「我的脆弱，若由某一種觀點來看，其實是一股莫大的力量。」

——八開筆記本——

所謂的「某一種觀點」，就是挖掘現實中的消極面。

猶如金絲雀。

將金絲雀關進鳥籠，再放入煤礦等，一旦爆發有毒氣體，金絲雀會先出現異狀。

因為金絲雀對於有毒氣體非常敏感，人類根本尚未察覺，牠們就會出現痛苦反應。

消極的力量

痛苦成了卡夫卡的力量泉源。

病中的他感受到某種救贖，心情變得沉靜，反而沒有提筆創作。

但病情拖延，又回到平常日子時，藉由疾病產生的脫離現實感便愈來愈弱。

於是，卡夫卡又開始覺得痛苦，夜夜失眠。

他在給友人的信中寫道：

「為了讓自己脫離精神上的痛苦，我又開始提筆書寫。」

顯然痛苦成了創作力的泉源。

現今時代，充斥叫人「積極面對人生！」的口號。

無論是歌曲、小說還是電影，

不時還有名人說些激勵人心的話語。

肯定不少人成為積極教派的信徒吧。

但當一個人想前行時，需要的不只是積極的力量。
卡夫卡告訴我們，消極也能帶來力量。

什麼時候，卡夫卡的話語是人生的必需品呢？

當你活得十分痛苦，不知如何是好時，
當你心情低落，不知所措時，
當你怎麼樣都提不起勁時，
當你一心尋死時，
我想，只要你願意翻翻這本書，
便能從卡夫卡的消極話語中，
得到無與倫比的力量。

最後……

我的書，
能在你那親愛的手上，
對我而言，是無上的幸福。

卡夫卡

愛視界014

絕望名人卡夫卡的人生論

絶望名人カフカの人生論

作者　卡夫卡　Franz Kafka
編譯　頭木弘樹
譯者　楊明綺

出版者　愛米粒出版有限公司
地址　台北市10445中山北路二段26巷2號2樓
編輯部專線　(02) 25622159
傳真　(02) 25818761
【如果您對本書或本出版公司有任何意見，歡迎來電】

總編輯　莊靜君
主編　林淑卿
企劃　葉怡姍
校對　金文蕙・黃薇霓
印刷　上好印刷股份有限公司
電話　(04) 23150280
初版　二〇一六年（民105）十一月一日
二刷　二〇一九年（民108）九月三十日
定價　320元
總經銷　知己圖書股份有限公司　郵政劃撥：15060393
(台北公司) 台北市106辛亥路一段30號9樓
電話：(02) 23672044／23672047　傳真：(02) 23635741
(台中公司) 台中市407工業30路1號
電話：(04) 23595819　傳真：(04) 23595493
法律顧問　陳思成 律師
國際書碼　978-986-93468-4-9　CIP：882.46 / 105017334

愛米粒出版有限公司
Emily Publishing Company, Ltd.

因為閱讀，我們放膽作夢，恣意飛翔—
成立於2012年8月15日。不設限地引進世界各國的作品，分為「虛構」、「非虛構」、「輕虛構」和「小米粒」系列。在看書成了非必要奢侈品，文學小說式微的年代，愛米粒堅持出版好看的故事，讓世界多一點想像力，多一點希望。來自美國、英國、加拿大、澳洲、法國、義大利、墨西哥和日本等國家虛構與非虛構故事，陸續登場。

愛米粒出版
Emily

當讀者遇見愛米粒

掃回函 QR Code 線上填寫或填寫回函資料後，拍照以私訊愛米粒臉書或寄到愛米粒信箱 emilypublishingtw@gmail.com，即可獲得晨星網路書店 50 元購書優惠券。

線上回函
QR Code

得獎名單會於愛米粒臉書公布，敬請密切注意！
愛米粒 FB：https://www.facebook.com/emilypublishing

更多愛米粒出版社的書訊

晨星網路書店愛米粒專區
https://www.morningstar.com.tw/emily

愛米粒的外國與文學讀書會
https://www.facebook.com/groups/emilybooks

愛米粒出版
Emily

● 書名：絕望名人卡夫卡的人生論

●您想給這本書幾顆星? ☆☆☆☆☆

●這本書是在哪裡買的?

____

●是如何知道或發現這本書的?

____

●會被這本書給吸引的原因?

____

●對這本書有什麼感想?想對作者或愛米粒說什麼話?

____

____

____

● 姓名：__________ □男 □女 出生年月日：__________

●職業/學校名稱：______________________

●地址：______________________________

●E-mail：______________________________

購書優惠券將mail至您的電子信箱（請以正楷填寫，未填寫完整者，恕無法贈送。）